詩集

綺羅

中道侶陽

Nakamichi Rou

新鋭こころシリーズ
13
コールサック社

目次

目次

呼吸

ここから出して

未熟な産声　翼はどよめく
母屋を離れたのはいつのことなのか

そう欲した

行方も知らない手足は
生きるために心臓を繋いだ

恍惚の笑みにも卑屈な盗人にも等しく天使の祝福を
休息を迎えた戦士の傷口から滲み出る朱色の真に
綺羅《きら》　灯る

幾何学

はじめわたしはこれを　いくなんがく　とよんでいました
かぞえきれぬほどの　ずのてんかい　それがいくなんがくなのだと
いつなんとき　いくなんがく　をよめたのでしょうか
はてしなく　とおいことのようにも　おもいます
ちいさいころの　おおきなゆめの　かけらでしょうか

いまだでてこない　さかいめのたびじの　おもいででしょうか
だから　くれないの　この　おもいを　ひめてつつましく

ドビュッシーに願わくば

あなたのツキノヒカリが奏でられると
私の心は人を思って満ちてゆきます

そうして満ち足りてしまいますと
こんどは尖った黒の目からは
涙が伝ってゆくのです

遮二無二恥ずかしい思いに駆られてしまうので
こんどは夜空を見上げます

映し出された星々が
あまりに綺麗なものですから
また乱りだらしなく泣いてしまうのです

こんど生まれてくるのなら
私はあなたに創られたい
ただ一本の旋律となって
世界を跨ぐ架け橋になりたい

月と僕

ある未明のこと
円い月の貫禄に
僕の目論見は暴かれていた

僕は何か言い訳をしなければと
しきりに口をまごつかせる

けれど月は僕をゆるすように
何も言わずに在り続けた

垂れ下がった月の尾が
喉元より入り込み
五感のうごきを停止させた

ながいこと　ながいこと

僕は呼吸をしていたんだと思う

たとえば

雨の比喩は、慈愛
癒えぬ渇きを持つ者の、只ひとりの母

風の比喩は、導き
道なき道を行く者の、無二のはらから

炎の比喩は、鎮魂
矛先のない怒りを持つ者の、最後の宿

雲の比喩は、永遠
清き願いを持つ者の、明日への理由

石の比喩は、威厳
消え入りそうな魂の、確かな先駆け

緑の比喩がみつからない
ただ、この空っぽの中に、それが広がっていればいいと思う

不協和音よ、永遠に

この世界は、分かり合えないことだらけだ
それでも
この世界の音楽は鳴り止まない

誰もが息絶え絶えに
自分のパートを
そのパートだけを
演奏しているのなら

それが至上の音楽だ

そうだ
この音だ
この音が聴きたかったのだ
闇雲に歌い
闇雲に鳴らす
ちっとだってまとまる筈のない
この曲だ

今一度
私もともに奏でよう

人と
音楽を
永遠に

日が射すこと、透明を貫き

冬の日射しほど暖かいものはありません
是ホコリを写す部屋に入るのもいいでしょう
あの公園の遊具らに影をやるのもいいでしょう
本当に冬の日射しはやさしくて
洗濯物もいっそうよく乾きます
光というものは
是に平等があるのなら
冬の日射しこそ

天

天を仰ギ見ています
ゆくトキの流れは
次第に空ヲくもらせます
重力ニ怖けづいた虹が
宙一面ヲ賑わせます

もう冬は来ヌのでしょうか
一角獣を待ツ気にもなれません

この手ガ
み空を貫ク程に
逞シク
逞シク
育つと欲シます

そして尚もイマ
どうしようもなく焦ガレてしまうのです
私の空ハまだあると

広場の老人

ガコーン　ガコーン
上手いじゃん　上手いじゃん
スッコーン　ガコーン
はいれえ　はいれえ
えんやらさ　えんらわさ

ストスト　ガッコーン
あれぇ　あれぇ
ハハハ　ゲタゲタ
もういちど　そらもういっちょ
えんやらさ　えんらわさ
ぐうねり　ぐうねり
えんやらさ

揺り籠

しんしんとの雨つづき
窓際には少年
中には老婆

少年見ゆるは
産まれた赤子
雨ざらしの揺り籠

少年見ゆるは

鬼の子、邪の子
雨ざらしの揺り籠
押す者はいない

鬼の子見ゆるは
方円の雨、尖形の闇
雨ざらしの揺り籠
押す者はいない

舞台

霧がかり
迷い出る心の赴くまま
童は幻と戯れる
次第に興じる趣旨が速度を上げて
童はほとんど舞っていた
濃ゆる辺りに畏れは無く
寧ろそれが心地よく
激しく　強く　荒々しく
辛抱強く舞っていた

身体は蒸気にすら舞いそうで
しかしたしかに個を迸ってみせていた
霧消の合図が朝を呼び　終わりの鐘が響いても
童は舞をやめなかった
疲労困憊　足が割れ
やがて罵声が鳴り勇んでも　童は舞い続けた
照れくさそうに赤らみながら

永眠

春——ひらいて雄弁の頃
若い蝶は移り気に蜜を啜った
甘い花弁を不埒に求めた
夏——実って喝采の頃
空腹を患う蛾の成長に
止まり木たちは枝を折られた
秋——背、伸び望郷の頃
たらい回しの鈴虫の羽音
掠れ縺れる前足で穴を掘った

冬――葉、枯れ落ちて生身狩る頃
　寒々しい協奏曲に
　鳴かれているのは蝶そのものだった
固く繭張り
　蝶は眠りにつく
　　美しい羽はひらかれることなく
　　悉《つぶ》さに悉さに灰に変わっていった

目

写影機の海
目を切り取られた魚の群れが泳いでいる
魚たちは夢想する
変容を遂げた稀な姿に怖じけつつ
膨張する世界に写し込まれた亀裂は

やがて波紋を呼び覚ます
死にゆくのではない
加護られるではない
真っ直ぐ突き勇む証を示したいのだ
弾きだされた水桜の結晶が
大気に散りバラを形取るとき

あゝ　禍雲は照って！

魚らよ

あの朱乱する朝焼けを見たか！

打ち震わす稀を恥じることはない

知るのだ

大海にやめる大渦を

はぐれ雲

はぐれ雲が吹かれていく
力無く、漂い、永遠だけを閉じ込めて

家がある
阿り、嘲り、蔑み、それでも帰る家がある
あの日見たさすらいは、ボロボロの
トレンチコートを着ていた
彼もまた、天を仰ぐのだろうか

アスファルトに転がる蛙
大いなる夢のあと
姿形はしなびてゆくが
その絶望は大気に馴染む

知っていただろうか
この星の生気の重たさを
引力をはぐれた不自由を

蛙は、眼を見開いたまま
無様に腹を剥き出している
つま先、踵、もう動かない、足

引力、震え、まだ動かない、足
彼は見上げただろう、誇らしく

天神様

おらさ
忘れらんねえよ
産子《うぶこ》さ抱いた母っ様の福笑い
乳さ頬張る産子の赤ら顔
天神様の言うとおりだ
おらさ

忘れらんねえよ

銃剣刺してた兵隊の暴力
すがりつく女々さの化粧っぱげ

天神様の言うとおりだ

忘れらんねえよ

御空仰いだあばら骨
腸臓晒したしおれ花

人様の所業だ人様の

おら
忘れねえ

産子さ抱いた女々この単衣ぐるみ
母子の単衣ぐるみ

天神様
見ているか
おら
忘れねえぞ

白光《はっこう》

この寂《しず》けさ、彼方を貫く闇
自失の凛に打たれた自画像
この家には誰もいない

我が執着の虚もなす術なく闇に溶ける

——今を
四季よりも熱い、灼熱の今を

野を焼き
海を枯らし
空を焦がせ

あるものを元の姿に
なかった日の美しさを

切迫の闇は生み出すのだ
一迅の風光、果てなき願望

さあ、今こそ怖れるな

見る夢は儚く

歌う歌は届かず
明け濡れる日々をひたすらにくぐり抜けるみたまよ！
鎮まるときの口元を、安らかなることをと、私は決して見逃さない

叫心

韻を踏み鳴らしてきました
出来るだけ心地よく
音程は概ね正確だったように思います
ひどく耳障りな歌でしたが

好きだった満月のレモン
苦いコーヒーカップに忘れてきました
孔雀色した飴細工が
今も宿主を呼んでいるようです

嘴が歌い上げた甘酸っぱさは
遥か地平を翔け抜けていきます

何にも
何にもなりたくないのです

血を吐くような我がままを
靴底をなめるような微笑みを
ゆがいて、ゆがいて、木にします
荒涼に靡く、一本の大樹に

風穴

ひおひおひお
心の真芯に風穴ひとつ
ひおる　ひおるる
寝ぐらを冷やす
このような宵においでとは

綺麗な花の夜露に惹かれたか
酒を一杯交わすまい
酒を一杯交わすまい
じんわり染み入る侘びしいを
友に泣かれた侘びしいを……
ひおるるる

月の灯りに閉じようか

月の灯りに閉じようか

小雪

昨夜半に、あの子は南へ帰ってしまった
この町に降るのはもう、煤けた風とごつごつした見栄っ張りな砂粒だけだ
シダの葉が枯れていようと、誰も、何とも、思わない
川は流れているのに
深く、深く、澄んで

それだけではいけないと、あの子は言った
それだけでは住めないと、あの子は言った
小さく震わす肩先の、掠《かす》みのような消失に
冷たく触れた私の指先の情操を、
どうか音もなくはねのけないでおくれ
冬でさえその役割を佇むことで果たそうとしている

＊

小雪はもう、戻らないのだろうか
彼女に託された儚さが、時流の熱帯に絆されるというのなら
私はゆるされるだけの冒涜を以って、海を切り裂く雷になろう
どれほどの光が燥《はしや》ごうとも

越えてはならないものを越えてはならないのだ
小雪よ、散り場所はここにある

画家気取り

自転車を漕いでいると、田園風景に
誘い込まれることがある

あめんぼ、とんぼ、泳いでて
頼りない紋白蝶が、律義に羽を漕がすから
負けじとこちらもペダルを摑んで、漕ぎ回す

水・肢・生を一体に描写したなら
今が出来上がると思う

チラと横を見やれば、ガラス張りの水田が仄かに燥《はしゃ》いでた
澄み切った空が水鏡に写り、轍は軽快に弾んでいった

踏み鳴らせば韻

火　吹　身　世
大河の一滴　たかが一時　自由の謳歌を　歌おうか
嘆き　ざわめき　さんざめき
明くる　朝くる　御来光
拝み　やっかみ　干からびて

重々承知のスケコマシ

踏み鳴らせば韻！

刻み込むは音！

歌っちまえば楽！

ご唱和、昭和、私用は、背負うわ、

ホラ貝、シナ海、瀬戸内海は、切ないかい、

あ、ほら、ほーら、ほらほらほらほら、

ア、ホ、ラ、

さあ、みなさんご一緒に！

火！　吹！　身！　世！

火！　吹！　身！　世！

足

打ちつける雨になす術無く住居を追われ
縋《すが》れるはずの石像もが粉々に割られていく
曾ての黄金は悉く剝ぎ取られ、餓えた
小邪鬼のように振る舞う性にも限りを下す

今まさに、失意の森を彷徨う者よ

仮住まいの部屋で私も夢を見た
眠る度に夢を見たのだ

そうして、私の姿は醜悪な獣に変わっていったが
それがなんであろうか！
一切の断り無く、無惨に切り刻まれた刻印から
伸びた蔓が、今を象《かたど》っているというのに

なれどもその実、束の間の閃光の如く弱々しく
一寸先をも照らすに足りない
色彩を凌駕した節穴に見える暗雲は
測ること叶わず、僅かに嗅がれる
草の匂いを頼りとする他ない

木を見る者よ
木になる者よ

なればこそ生きろ
己が怒濤を根に降ろせ

白浜

戻っておいで
歩いておいで
その足で

――行きたくない
懺悔をここに呼びたくない
――動けない
行きたくない
――波の向こうにも
行きたくない

——泳げない
何故なら
足がない

——もう何処にも
行かないで

散歩

顔をお上げなさいお嬢さん
君の深刻そうな顔つきは君が願ったものじゃない
だんなあ、景気が悪いねえ
手前のホコリは今の今だって霞んでやしないよ
やあ奥さん、この現実をあなたほど知る者はいない
刻まれた皺に落ちる化粧カスが甚だキレイだなあ
おばあちゃん……過ぎ去った月日は、あなたにナニヲ教えたのかな

腕を大きく

大きく振るのだ燦々と！
払え払おう払われろ
あるはずの生を搾り出せ！
悪気《あっき》飛ばすは
君の汗っまみれの熱気だけ！

王の道

王道をゆく者がいる
ひたすらに進む者がいる
僕は道を空けようと思う
皆道を空けるべきと思う

王道を逸《はや》る者がいる
引き返す者がいる
僕はやはり道を空けようと思う
皆道を空けるべきと思う

無垢なる者を罰するな
やわい笑顔で殺するな
その王道を空けておけ

僕が通る道も王道だ

詩えずの悪童

これほどの悲哀を仰ぎ見て
彼は
詩う口を忘れた

何があるのだろう
彼が詩わずにいるのなら
何が彼に訪れようか

彼が詩い

誰が聴く耳をあずけたろうか
彼の口から漏れる詩こそ
悲哀ではなかったか

打ちのめされた彼を
誰が
見届けようか
誰が
見咎めようか

彼は
何者であったのか

悲哀、そのものではなかったか

ならば、詩うがいい
君よ

既に
君は詩っていたのだ
悲哀を、その星を

おはよう

日暮れに俯く者あれば
「おはよう」と言い
明かりに目を眩ませる者あれば
「こんにちは。よい天気ですね」と言い
光を浴びて進む者あれば
何も云わず会釈をし
冷えた部屋でひたすらに夜明けを待つ者あれば
月のある事を教える
「おはよう」をもらったあの日から、僕は
言葉を持ち歩けているだろうか

生命の膨張

誕生を待つ球体の願いは甚だ原形をとどめず哀れみの大海に溶けて
いった

満ち足りた女の顔が万華鏡の渦の中で流転していく

眼を灼かれるような無影の乱反射に壮絶な意識をもって挑んだ彼の亡
骸を墓守はひとつひとつ集めていった

勇敢だった彼の血肉を喰らった男の火輪の瞳があの黄金色の太陽を捉

えるとき待ち焦がれた時の砂塵が吹き荒れて破壊の慈悲が大地を真空に押し潰すだろう

そしてあどけない星は顔を現す

終わらない終わりの内側で運命《さだめ》の向こう岸で小鳥たちはまた歌声を上げる

騎士《ナイト》

この掌の中の勇気は小さくていい
なにかを摑むには、小さすぎる掌であるから
この掌に握るのは、一滴の勇気だけ

それでも足りないというのなら
腹一杯の、臆病が
永劫、勇気を補ってくれる

そうだ、この臆病こそが

私を包み、守ってくれた
私をここまで、作ってくれた

武器にするには、あまりに重く、危うく
自ずこの身を抉りつけ
鎧にするには、あまりに脆く、危うく
自ず砕けて突き刺さる

それでも、私はこの臆病の
鎧を纏《まと》い、矛を持ち
天空高く、翳していたい
勇気の落ちる、この左掌で

忍

コップ一杯の液体が目の前に
表面にはあぶく
あぶくは結託して三日月の様相を気取っている
滑稽さながら、ドウッ
とそれらを飲み干してやる
あぶくは順不同に逆らって小さな島の形を作る
地震さながらコップを震わし、それらの決壊を目論んだ
あぶくは島を離れず、焦りが募る
大層に震わし、島の底に筋を見た

顔が青ざめ、震え上がる
……つづいていた
底から舌へと繫がる鎖
水面は素知らぬ顔で微笑んだ
怒濤の錨を根に張って

二羽の蝶

かつてない静寂を凝縮させたものの中で
あなたとわたしは出会った
あなたは無数の無邪気な光彩になり
わたしの身体に斑点の染みを流し込んだ
取り払う術を持たないわたしは
その模様を纏《まと》い
愚かにも眠りに落ちていた
何も聞こえぬ大地の上で
あなたはわたしに花の色と地上の固さを教えた

わたしは最初気恥ずかしさのあまり不躾《ぶしつけ》に
あなたの手を取り
怖々とした面持ちで
地面にそっと足を降ろした
あなたは特別悪びれるでもなく
わたしの運びをせっついた
縦横に
無辺に
踊り散らした暁に
わたしとあなたは
羽をもてあますだけの睦まじい番《つが》いの蝶になってはいたが
あなたはついに自分のいる場所を知ることはない
音のない

時間のない空間を
怖れる肌を持たぬあなたは
ただわたしの裏切りを怖れている

オノマトペの二重奏

「ねえ、知ってる?冬にはオリオンっていう星座が見られるんだよ」

「うん、知ってるよ。でも僕たちには見られないよね」

「一度だけでも見てみたいなあ。知ってる?オリオン座は七つ星だけじゃないんだよ」

「そうなんだ、いくつの星があるの?」

「えーと、十八個かな?ふふふ、分からないわ」

「ふふふ、でも人は僕たちが舞う姿を星座のようだと言うよ」

「そうなんだ、おかしいね」

「うん、おかしいね」

「ふふふ」

「ふふふ」


「どうしてそんなにオリオン座が見たいの？」

「私、綺麗なものに目がないの」

「そうなんだ、僕もだよ……一緒だね」

「そうだね、一緒だね」

「ふふふ」

「ふふふ」


「さあ、そろそろ目を閉じよう」

「うん、おやすみなさい」

「おやすみなさい」

「なんだか、今夜の星はとっても綺麗……」
「そうだね、今夜も、綺麗だよ……」
満天の夜、凛と張り詰めた空気の中、常夜灯の明かりにうすぼんやりとしたふたつの小さな光が溶けていった

闇行灯

夜半に外をうろつくことをやむなしとしている私はこの日も何の気なし悪びれなしに国道の脇を歩いていたのでございました。ひゅおーっという風が私の皮膚に冬の厳しい到来を思い知らせることを皮切りにカランカランと足下より音がするさて何の音かと思い巡らす私の真横、びゅおーっと自転車が一台通り過ぎてゆくのでありました。なんぞ気を揉むわけでもなしにその赤い反射灯を見送っておりますと急に冬枯れに散った葉のような淋しさに郷愁してしまいましたがこれは先ほどの音の主、少しばかり気恥ずかしい思いに頭を掻きむしるのでありました。しかしながら車の往来は止む気配なく師走の忙《せわ》しさを感じることひとり滑稽な含み笑みを浮かべる道すがらふと佇む私自身の姿にあの夏に見たトウモロコシ畑の頼もしさを思い重ね自恃を取り戻さないではいられない所存でありました。そんな悠長な私のことなどさておいて冬は今年も急ぐのでございますなあ。

何ひとつ

じわり、落ちる、黒煙の滴
見咎められるためだけに生まれたのではあるまいに
落ちてゆくお前の姿を、私は
掬わずにはいられなかった
何ひとつ、見捨てることなど出来ないのだ
お前の嘆きを知っている
お前の優しさを知っている
ともに沈む、そのやわらかさの中で、私はしかし
おおすまない、私は

手を伸ばさずにはいられなかった
お前は、お前の呼び止める声は
それでもやはりやさしく揺らいでいた
捨て置くものか。私の命よ
私はまたお前と落ちる
今はただ、安らかにだけあれ

即興詩

激しさを苛烈させれば行き着く先の炎熱地帯
雀は囀る
穏やかな行雲こそに寄る辺はあるのだと
体が軋む。うねりを上げて
もはやこの身に安住の地のないことを知っている。

捨て置けようか。灼かれでいようか
俄かに降った血が教えてくれた
仰ぎ見れば、空は是ひとつ！

まよい

この魂魄は
何処へ流れてゆくのだろう
ひしゃげて　まどって
何かになろうと真似ばかり
すいらい　すいらい
ゆく蒼白の
泣くことも覚えずは
最たる熱の熱ささえ
往来　往来

流るる髪
摑みてみては
くれないか

月

覚えていますか
僕との対話を
身勝手で一方的な　僕の話を

こんな夜はあなたを思います
さして何があったわけではありません
あなたとありたいのです
僕は今宵も我がままですね
そしてあなたはいつでも僕にやさしい

知っていますか
僕はここにないのかもしれないということ
僕の呼吸の乱れが消えてしまうということ――

月
あなたは僕を呼ぶ
何もないことを認《したた》めるあなたは僕を呼ぶ

開いた掌

掲げた瞳

月

あなたの姿が見えません
重たい雲を纏《まと》いましたか

あります　今は——
ここにこうして……

それではもう行こうと思います
あなたは今宵も僕にやさしい

レクイエム

桜乱の過ぎ行く時を　頭を垂らし見送る沈丁花
緩やかに風がそよぎ　散り際の調べを奏でていよう
捧げる言葉はひとつ
息をのんで

眠りなさい

明くる青

ふた眼
重力に堕ちれば散り狂う明星の青
滔滔と流れる終焉の黒
私の中に沈みゆく

落ちるな　人の空よ
巻きつける雲よ
昇っていこう

紫電の雷鳴よ
止まない水晶よ
早く私を溶かせ
穂先についた青を
あの空に渡してくれ

柔らかな鎖

私が私でなくなろうとするとき
お前という無言の綿毛が
ただこの黒光の草原に舞い出づる

お前に私の永遠をゆずろうと思う
その小さく柔らかな繊毛に
私という養分を注ごうと思う

——どうか

どうかお前は芽吹いて欲しい
私を呼んでくれたお前の熱は温かかった
風鳴る日
私はお前を思い出す

編みついで

零れ落ちていく砂粒にそっと触れてみた
さらさらと、なにに逆らうでもなく
砂は輝いていた

少女は戸惑う
掌から溢れてしまう砂粒を懸命に掬おうと
躰を揺らす

「ねえ、みてみて。こんなにキレイな砂。

私のだよ、誰にもあげないんだから」
……斑の紋様を汲み取っておくれ
ありったけを持っていっておくれ
捨て投げてもらえればありがたい
ああ出来ればとおくに
とおくに
どこにでもある浜にでも

夕陽

照れ。
勇ましく。
なにが起ころうと。
あれ。
等しく。
なにを失くそうと。
猛るおれんじを霞に誇れ。

あとがき

　何をやってもしっくりこなかった。何に関わってもこんなことをしていて一体何になるのだろうと思っていた。僕には、僕自身を信じる力もなく、苦悶の日々が続いた。

　心身ともバラバラになりながらも、生をくぐり抜けた末に、僕は言葉を見つけた。おそらく僕は、耐え難い恐怖から自身の身を守るため、詩を口ずさまずにはいられなかったのだと思う。僕の身から零れていく言葉が詩という形を気取ろうとすることが、たまらなく愛おしいものに思えた。僕にとっては、何ひとつとして要らないものなどなかった。言葉も、秘密も、不自由も、今や何ひとつ捨てられないかけがえのないものになっていた。

詩作する中で、僕は自分と同一のものとして、よく世界に思いを馳せることがある。自分の思いすら常日頃から疑うことをやめられない僕だが、詩作の時だけはその疑いが入る余地を与えない。真っ直ぐに詩と向き合う時間が、僕から不純物を取り払ってくれた。まだ世界はこんなに美しいのだと、詩を通してはっきりと感じることが出来た。

最後に、温かい励ましの声をいつも送ってくれてこの本を編集してくださった佐相憲一さん、名無しのような僕の突然の電話に対し真剣に答えてくれた鈴木比佐雄さん、関わってくださったコールサック社の皆さん、この詩集を読んでくださった方々に深い感謝を捧げます。

そして何より、僕に目一杯の呼吸が出来ることの喜びを教えてくれた妻に、ありがとう。

二〇一五年二月　中道侶陽

中道　侶陽（なかみち・ろう）　略歴

一九八二年二月十二日静岡県浜松市生まれ。
新聞配達員。
中原中也、リルケに感銘を受ける。
妻と子への愛情は異常。

現住所
〒四三五―〇〇一七　浜松市東区薬師町三一九―一
スペリア I―一〇三
中道陽介方

石炭袋

新鋭・こころシリーズ 13
中道侶陽詩集
『綺羅』

2015年2月12日初版発行

著　者　中道侶陽
編　集　佐相憲一
発行者　鈴木比佐雄
発行所　株式会社 コールサック社
http://www.coal-sack.com
〒173-0004
東京都板橋区板橋2-63-4　グローリア初穂板橋209号室
電話 03-5944-3258　FAX 03-5944-3238
E-mail suzuki@coal-sack.com
郵便振替　00180-4-741802

印刷管理　株式会社 コールサック社　製作部

装幀　奥川はるみ

落丁本・乱丁本はお取り替えいたします。
ISBN978-4-86435-187-4　C1092　￥1500E

新鋭こころシリーズ 13 コールサック社